KB060238

청어詩人選 349

홀로
떠난
여행

이희복 제2시집

Lee Hee-bok

청어 _{도서출판}

홀로
떠난
여행

이희복 제2시집
Lee Hee-bok

시인의 말

2010년에 첫 시집을 냈지만 부족했던 게 사실이다. 다시 십여 년을 기다려 또 한 권을 엮어 내보낸다. 문학적 기대가 실망으로 이어질지라도 게으름과 핑계는 금물이다. 건조한 삶 또한 나를 지탱하는 더 이상의 힘이 될 수는 없다.

그새 많은 변화가 있었다. 두 딸의 결혼과 함께 사랑하는 손주들도 둘씩이나 생겨났다. 작품 중에는 라희와 라온, 영은과 영민을 소재로 한 시들도 있다. 산소 같은 이 아이들이 자라는 것을 볼 수 있다는 것 자체가 감사며 행복이다. 이들이 없었다면 나의 삶은 얼마나 더 척박했을까. 광야 같은 세상에 내가 숨통 트고 살아가는 이유다.

육십 중반에 접어든 나이에 두 번째 시집을 세상에 내놓는다. 결과는 과정의 연속일 뿐이다. 비록 완성된 작품이라 자신하지는 못할지라도 살아온 인생의 무게를 담고자 했다. 관계의 향상 역시 소중한 일이다. 이미 문우들 곁을 떠나신 선생님들께 천국의 안부를 여쭙는다. 생면부지의 사람에게 여러 해 문자를 보내준 도서출판 '청어' 이영철 사장님께 감사한다.

인생의 후반기를 새롭게 시작하고자 부부 선교사로서 새 삶을 한 발자국씩 찍어나가고 있다. 소명을 받아 걷는 삶이라지만 절대 녹록지만은 않은 길이다. 누군가는 앞서 걸었을 이 길에 막차를 잡아탄 기분이랄까. 공적인 사역과 달리 개인사에서만큼은 앞서가는 사람이라기보다는 평생 뒤처져 쫓아만 갔던 나의 삶을 그분은 어떤 얼굴로 바라보고 계실까. 인생은 육십부터라고 힘주어 설파했던 노철학자의 말에 다시 용기를 내본다.

2022년 10월

이희복(효록 曉鹿)

차례

4   시인의 말

1부 이야기가 있는 소묘

10   이야기가 있는 소묘
12   피어나는 마아옹 분박
16   세상은 아직 살 만하다
18   망나오 해안가
20   버스를 타며
22   아름다운 세상
24   오이 같은 싱싱함 아삭 씹히던 날
27   고향의 봄, 어떤 이야기
28   미모사
30   다시 더 사랑하기
32   공사 현장에서
34   아담과 하와
38   볼리바드를 산책하며

2부 붉은 눈물 한 방울

42   못다 한 말
44   그림자가 순간 사라져버리듯
46   당신이 나를 사랑한다는 걸
47   마음은
48   쑥떡
50   꽃, 그리고 선물
52   사월 필리핀에서는
54   곕씨 하나
56   귀가
57   컨테이너 식탁
58   Spring in Hometown: A Story
59   이제 황혼이다
60   붉은 눈물 한 방울
62   비
63   어느 해 십일월의 밤 깊다
64   외로움

3부 삶은 두 방향 길

68 진갑의 샐비어 가을

70 RETURN

73 축복이란

74 사랑

76 마지막 잎새의 편지

78 내 인생에 11월이 오기 전에

79 삶은 두 방향 길

80 몸에게서 배운다

82 때로는 야생화처럼 살 일이다

84 하루

85 소망

86 침묵

88 속 깊은 울음

89 별꽃

90 환희

4부 홀로 떠난 여행

92 나의 투박한 삶도

93 사랑일 게다

94 행복

96 함께 부를 노래

98 시월에

100 저녁 바다, 아침 바다

102 고향 1

103 고향 2

104 설움이 나를 울릴 때

106 자연 온수

107 꽃잎으로 피어나거라

108 홀로 떠난 여행 1

110 홀로 떠난 여행 2

111 홀로 떠난 여행 3

112 홀로 떠난 여행 4

117 **에필로그**

1부

이야기가 있는 소묘

숭어리 숭어리 길옆 붉은 봉숭아 반기는데
어린 시절 내 어머니 날 데려가신 꽃밭
아, 그 시절 눈에 밟혀
긴 머리 꽁꽁 묶어주시던

이야기가 있는 소묘

바나나 널찍한 잎 위로
한 소절 빗방울 소나타

한달음에 달려온 바람,
가시철망에 널린 옷가지들
새파란 춤을 추게 하고

아이들 젖은 몸이
검은 보석인 양 빛나는 오후

숭어리 숭어리 길옆 붉은 봉숭아 반기는데
어린 시절 내 어머니 날 데려가신 꽃밭
아, 그 시절 눈에 밟혀
긴 머리 꽁꽁 묶어주시던

바나나나무와 코코넛야자나무를 심은 땅의 경계인 가시철조망에 빨래가 널려
있는 시골의 한가한 모습.

피어나는 마아용 분딱Maayong buntag[*]

해가 질 무렵
마닐라에서 남쪽으로 향하는
비행기에서 창밖을 내다보면
섬마다 해안가를 따라 사람들
평화로이 모여 사는 불빛 자리가 같듯

네그로스 오리엔탈Negros Oriental 섬
두마게티Dumaguete에서 국도변을 타고
남남서로 가는 버스 안
바콩Bacong,
다윈Dauin,
잠봉귀타Zamboanguita,
도시마다 시장이 선 곳은
영락없이 사람들로 북적인다
고개 끄덕이며 마음 주고받는
오고 가는 순한 눈빛들
가슴 구석구석 은은히 풀빛 불 켜진다

우리가 외국인이라는 걸
한눈에 알아보고 기억하는 듯
행선지를 묻지도 않고
버스표를 끊어주는 안내원
나도 싱긋 던지는 눈인사

버스에서 내리니 풀에 베인 물비린내
새벽에 비가 왔었나 싱그럽다
시골길을 걷는 십여 분 동안
만난 눈동자들 선량하다
먼저 인사를 건네는 마을 사람들
화들짝 얼굴에 걸린 미소가
햇볕에 그을려 빛이 난다
피어나는 마아용 분딱

여든이라는 이곳 마을 노모는
1964년대 울산에서 살았던 적이 있다며
길 가던 우리를 멈춰 세우고
오래된 사진 한 장을 보여준다
한 줄로 나란한 빛바랜
로즈의 코리안 친구들
한껏 멋을 낸 흑백의 아름다움

동네 어린 벗들은
여전히 그녀에게 살갑기만 한데
육십 년의 세월이 어디로 갔는지
그땐 필리핀이 한국보다 잘 살 때였다지요
매번 마음이 손들고 외치는 말
필리핀, 힘내요!

잠봉귀타 시 마을 앞 2차선 국도가
4차선으로 넓혀지는 건 흥분된 일
주변이 환해지길 기대해
한창 하늘 아래 희망을 공사 중

*굿모닝과 같은 의미의 아침 인사말 (필리핀 중부 비사야어)

1964년도 울산에서 남편(영국인)과 같이 1년 정도 살았을 때 한국인들과
함께 찍은 사진을 보여주는 로즈Rose 할머니. (오른쪽에서 두 번째)

잠봉귀타 마을 앞 국도가 4차선으로 넓혀지기 위해 준비 중이다.

세상은 아직 살 만하다

전화선을 타고 흐느끼는 사랑
차마 말을 꺼내지 못하고
끊. 어. 지. 던. 할
　　　　　　　　　머
　　　　　　　　　니
초록 이슬 구르듯
울기만 하던 손녀가 애틋해

"기사님들 한 병씩 드시고 힘내세요!"

언젠가 12월 계단을 오르다가
네 이쁜 마음을 읽었지
외할머니 마음에도 꿀물이 흘러들어
꽃불 터뜨리듯 따뜻해지던 그 겨울
누군가도 같은 생각이었을까

그렇게 사랑을 전하는 라희의
한 생애를 미루어 상상해 본다
너의 손길마다 새 움이 돋고
네 지나는 마른 땅마다
작은 하늘 같은 시내가 흐르는
아,

세상은 아직 살 만하다

3층까지 무거운 짐을 나르는 기사님들에게 크리스마스의 사랑을
나누던 라희가 기특하다.

망나오Mangnao[*] 해안가

새벽 두마게티에서 남쪽 방향
망나오 해안가로 간다
고속도로에서 조금만 벗어나도 이내 바닷가가 나오는 섬
어딜 가나 바다 내음
충만히 건질 수 있어

모래땅에 지어놓은 간이 식당들
간밤 인사를 주고받고
아이들 닮은 검은 모래 알갱이
조심스레 밟고 지나가는 해안

풍어를 바라는 여인의 간절함 싣고
태양을 향해 나아가는 고깃배
내 기도도 배에 태워 보낸다
반짝이며 뱃길 여는 망나오

바닷속에 내려왔던 하늘이
그림자를 끌어올리는 아침,
항상 순간을 놓치지 않는 너의 렌즈는
단 하나뿐인 시간을 간직하고

어느새 물빛 종이가 된 바다 위로
햇살이 시를 쓰고
뜨거워지기 시작한 시어들
바닷속으로 뛰어들 기세다

지난밤 호우를 몰고 왔던 질펀한 구름은
이미 풀려난 지 오래다
시선보다 제법 멀다

*필리핀 네그로스 오리엔탈 섬의 두마게티 시 남쪽에 있는 해안가.

고기를 잡으러 나가는 남편을 배웅하고 있는 아내. (망나오 해안가)

버스를 타며

오늘도 버스를 타러 시내로 간다
가깝지 않은 거리를 가야 하는데
에어컨이 나오는 차를 만나면 그나마 행운이지만
트라이시클*, 지프니**가 아닌
버스를 탈 수 있다는 것이 그래도 감사지
하다기

버스 창문이 좀처럼 열리지 않는다
아마 오랜 시간 이대로 닫혀 있었으리라
살아가면서 침묵할 때도 있다지만
쉽사리 마음을 열지 않는 그들 같기도 해
꽉 막힌 공간에서 답답해하다가도
문득 앉을 자리가 있음에 다시 감사하고
모기들이 시름처럼 유유히 날아다녀도
턱스크의 촌로가 마구 기침을 날려도
지금 이 순간 이 먼 곳에까지
혼자가 아닌 누군가와
햇빛 부서져 내리는 창가에 얼굴 그을리며
나란히 앉아 미지로 나아가는
동행하는 여정이 존재한다는 것

비로소 그걸 자각할 수 있는 늙은 위로가

버스에 오른다 반짝이며 길을 떠난다

*오토바이에 다른 바퀴를 하나 덧대어 사람이 탈 수 있도록 개조한 바퀴가 3개인 탈것.
**지프와 같은 모습이지만, 뒷문이 개방되고 창문 유리가 없으며 길게 여럿이 마주 보고 앉도록 만든 탈것.

두마게티 시 버스 터미널에서 남편(이호영 선교사)과 함께 버스를 타기 직전에.

아름다운 세상

산 밑자락 돌계단
젖은 바람 낙엽들 몸을 말리고

이파리 다 떨구고 나서야
마침내 보여주는 하늘이 있다
애틋한 그리움 달래주려는 듯
어디선가 나뭇가지 틈새로
가득 차오르는 솔향

아직은 가슴 미어지는
아름다운 세상이 있다

마음과 마음이 이어지는 길 따라
바라다보이는 낡은 벤치엔
지난여름의 고단함을 기억해내듯
햇살 한 자락 길게 걸터앉아
날숨 내쉬며 쉬어가는 오후

산등성이 떡갈나무 바스락바스락
시편을 필사하는 소리
멧새들 내려와 한 음절씩 방점을 찍어 놓고

감사의 계절 한 모퉁이를 또 지나는구나
가로수마다에 털옷 입힌 손길들
따스하다, 나도 누군가에게
파스텔 톤의 털목도리
따뜻이 선사하고 싶어진다

작은딸의 딸인 라희가 서울 매동초등학교 2학년 때
안양예술공원의 가로수 사진을 보며 그린 그림이다.
그림 : 최라희 Ravi. 2021

오이 같은 싱싱함 아삭 씹히던 날

버거를 시켜놓고
물 한 컵씩을 마주한다

결혼이란 무엇을 의미하는지
이제서야 조금 알 수 있을 나이라니
필리핀에서 맞이한 결혼 사십이 주년

오늘은 맛난 점심을 사 먹을 요량으로
도시락 없이 새벽 버스를 탔다
여전히 뜨거운 동녘 창
도로 확장 중인 하이웨이를 달려
말라따빠이에서 내려 걸어 들어간 곳엔
빈 배들 많으나
우리 둘을 싣고 갈 배는
단 하나도 없었다
바다 건너 덩그마니 보이는 작은 섬

신명 나게 달리는 바닷바람
그 바다는 목마른 듯
우릴 향해 아무 말이 없고

사진만 찍고 와 허기진 배를
물로 채우다 먹는 버거 맛

성경에 둘이 한 몸이 되라는 건
이미 둘이 아닌 거다
둘이지만 하나같이 행동하고
한 방향으로 생각하라는 것

참 오랜 세월 같이 살았어도
우린 은행나무처럼 따로 지냈다
각자 할 말을 멈추지 않아
가타부타 상처 주기 일쑤

나를 알고 나니 상대가 보이고
그를 이제 이해하게 된다
늘그막에 깨달음은 더는 부끄럽지 않은
할미 할배가 되라는 것일 테지
향기로운 거울은 못 되어도
작은 울림을 줄 수 있는
쇠물푸레나무 같은

오랜만에 버거를 맛본다
빵 사이에 살아온 날들이 두껍다
숲을 향하던 나무들, 들판을 달리던 야생의 시간들

켜켜이 넣고 한 입 베어 물자니 목이 메어
가늠 못 할 눈물 소스 가득 치는

오이 같은 그 싱싱함
아삭 씹히던 날의 기억

선교사가 된 후 결혼 42주년을 필리핀에서 맞은 날, 버거를 먹다.

고향의 봄, 어떤 이야기

꿈으로 부풀어 오르던 봄봄
창을 열면 연노랑 햇살
몽실몽실 피어나고
마음 곁에 다가서는 산수유 망울들
꽃비늘 흩날리듯
온통 재잘거림

봄은 그렇게 다가왔지
눈으로 소통하면서
솜털 간질이는 바람결이었지
고향 봄날의 천진한 웃음

기다렸다는 듯 어디선가 껍질 깨는 소리,
아, 죽었던 천지를 다시 살려내는 이 힘은 어디서 오는가

큰딸의 딸인 영은이가 일산 오마초등학교 1학년 때 평소 자신이 꿈꾸는 세상을 그린
그림이다. 이 시의 내용 중 일부는 영은이 어릴 적 모습을 담았다.
그림 : 김영은 Grace. 2021

미모사

센터 앞 천지가 이 풀들이다
곳곳에 신경줄 뿌리를 내리고 있다
작은 터치에도 오그라드는 이파리를 보고
문득 밀어 올려지는 생각 한 줄기

내 안에도 이런 반응이 필요하다
휘저어 놓고 싶은 감각의 흐름
너무 오래 무뎌져 있었다
필리핀에 와서
지천에 널린 미모사 한 뿌리를
내 몸에 가만 옮겨 심는다
방울새 소리 통통 튀어
깔리는 울림 다시 살려내

주님을 처음 만났던 시절 그리워
그 여린 기억들
하나님은 되살려주실까

미모사는 생명력이 강하고 미미한 터치에도 잎이 움직이는 특징이 있다.

다시 더 사랑하기

이름을 모르겠다
풀밭을 걷고 나면
영락없이 바지에 달라붙는 풀
콩알보다 작은 꽃이 사방에 드센 가시다
세게 만질 수도 없다
그냥 버려두어도 살아남을 것 같은

가까이 다가오는 것에 순간 온몸을 던지는 순발력,
그것이 상대를 찌를 수도 있음을
아는지 모르는지
세탁기를 돌렸는데 아뿔싸 거기에도 한 개가
모습 일그러지지 않고 그대로다

어쩌다 그렇게 많은 가시를 몸에 품게 되었을까
덥고 마른 땅에서 살아갈 길 막막해
나름 터득한 언어겠지 하면서도
그 바지를 입을 때면 이곳저곳이 살을 찌르는 느낌
다만 느낌만일까, 정말 작은 가시들
눈에 보이지 않는 그것들 영
함께 살아가는 건 아닐지

믿게만 바라볼 수 없는 그들
있는 그대로 이해하고 받아들여야겠지
내 몸을 찌르는 가시 묵묵히 녹여
넉넉한 나의 살이 되고 삶이 되게

흔한 것들에서도 살아가는 지혜를
무수한 미소처럼 쉬이 배운다
먼 길도 시작은 꿈꾸기부터이듯
다시 한 걸음부터 더 사랑하기

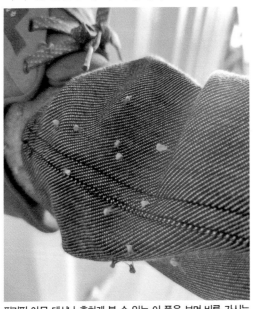

필리핀 아무 데서나 흔하게 볼 수 있는 이 풀을 보며 비록 가시는
있더라도 그들을 품고 사랑해야겠다는 마음을 시화(詩化)하였다.

공사 현장에서

경유 냄새 시멘트 뻐센 냄새
산 그림자를 한사코 붙잡고 있다
화물트럭 엔진 소리 베이스에 맞춰
탁 타닥 리듬을 타는 망치 소리

굵거나 가느다란 소리들
허기진 위장마다
희망을 뽑아 늘려주는 저녁

여기선 여섯 시만 되면 해가 지고
바닷물같이 일시에 어둠이 몰려드는데

해거름이 지도록 모처럼 활기가 끓어오른다
필리피노들 일할 기회만 있으면
자랑처럼 최선을 다하는 모습 인상 깊어

그런데 억세게 풀리지 않는 의문 하나!

왜 나라는 하마 수십 년 전으로 후퇴해 있는 걸까?

그 물음에 초록빛 힌트라도 주려는 듯
건너편 높이 솟은 코코넛나무
커다란 느낌표 짙게 흔들며
물끄러미 내려다보고 있다

코코넛야자나무는 다른 나무들에 비해 유난히 키가 커서 매번
바라볼 때마다 느낌표 이미지를 떠올리게 된다.

아담과 하와

육십 중반 걸어온 길 돌아보니
곁에 있어야 할 사람이 없었다

어려서부터 혼자였던 삶이 익숙해
한참 가다 보니 각각 홀로였던 것
모두 같이 걷는 길에 남겨진 혼자만의 자리
둘은 외진 길을 가면서 그게 최선이라 생각했다
어느새 벌어진 둘 사이의 간격

핑계는 늘 존재했다
원인은 상대방에게 충분했다
슬픔을 모르듯 사랑을 표현할 줄 모르는 것 당연했고
어쩌다 말을 하면 늘 탈이 났다
해야 할 말은 뱃속 깊이 숨어 있고
하지 말아야 할 말 사정없이 튀어나오곤 했다
설사를 할 때마다 입이 거칠어졌다

거리거리 아름다운 말이 그들에겐 필요가 없었다
피부를 곱게 가꿀 이유도 없었다
일하기엔 시간이 늘 부족했다
한 곳에 정착하기란 욕심을 비울 만큼 힘들어
떠돌이 삶이 편했다 그러나 변화는 어려웠다
한 번 정해진 방식은 아무도 손댈 수 없어

아득하다, 목백일홍 껍질을 벗겨 오래 꽃을 틔우거나
자작나무 흰 살이 십자가가 되는 꿈을 꾸었던 날들
언제였던가, 생육하고 번성하라 만물을 다스리라,
새벽마다 주셨던 말씀들은 어느 바다에 빠져들었는지
기적 같은 일출은 일상이 되었으나
가닥가닥 나의 기억을 모태로 되돌려
심히 두려워 떨 듯 새 이파리 돋게 할 날, 오 아득타

여기까지 인도하신 하나님
밤이면 도마뱀 울음소리
풀벌레 소리, 어디선가 개가 짖고
돌에서 물이 나듯
마른 땅에서 우루루 꽃을 피우는 일

황무지 구름 속 눈부신 서약은
보시기에 심히 좋았더라 그대로
언약 깊숙이 뿌리 내리는 일

깊은 밤 숨소리는 속울음 먹고 자란
아픔처럼 살아 있음의 표지

어둠을 쪼개 허공에 흩뜨리는 시간
고개 숙인 노년의 의무가 눈을 뜬다
축 처진 삶을 부축해
에덴동산을 다시 찾아 나서는 길
알려주시는 그 순종의 길 따라
반짝이는 보석의 새벽을 주워 담는다

필리핀 두마게티 시의 후놉Junob 동네에서 새벽 볼라바드 해변 쪽을 바라보며 찍은 일출 사진들.
사진 : Caleb Lee

볼리바드Boulevard[*]를 산책하며

새벽에 일어나 볼리바드 해변을 걷는다
태양을 쏘아 올린 바다와
검게 그을린 육지가 잇대어져
경계가 없는 그곳

다른 피부색 다양한 연령층 사람들이
보폭을 달리하며 양방향
새벽빛 미소를 주거니 받거니
바다에 정박한 여객선들
해안가를 따라 카페와 음식점들
일제히 새를 기다리고 있는데
어느새 나는 새가 되어
길게 해안가를 걷다가
해안보다 더 길어진 나의 목
몇 주름 잡혀 썰물이 되고
접혔던 날개 펴며 또 펴며
떠나간다 멀리

*필리핀 네그로스 오리엔탈 섬의 두마게티 시에서 가장 가까운 해안가.

두마게티 시에서 가장 가까운 볼라바드 해변의 일출 모습이다.
사진 : Caleb Lee

2부

붉은 눈물 한 방울

삶을 사랑해야겠지
이젠 용서해야겠지
아니, 용서를
빌어야겠지

오늘을 살아내기 위하여
아득한 마음 열어
너와의 입장을 바꾸어 둔다

못다 한 말

토요일 오후
어지러이 흩어진 토막 목재들
빼다 만 구부러진 못 쪼가리
잘못 잘려 나간 함석 조각들
버려진 벽돌 부스러기
한 폭의 정물화마냥 눈에 들어오고

하룻밤 비 한 줄기 지나가고 나면
풀은 무심히도 한 자나 자라 있는데
봄에 시작된 공사는
어허 아직도 끝이 안 보여

뒤돌아봄도 욕심이려니
욕망은 버리고 왔지 하다가도
멀리 이곳까지 와서
흰 머리 더 늘고 주름살 깊이 팬 그를 보니
아직 삭지 않아 뜨건 피가 안쓰럽기만 해

오직 말씀만 듣고 말씀 좇아 왔더니
여긴 말도 맘도 통하지 않아

주사랑 흘려보낼 시간 기다리며
주말 오후를 또 이렇게 보내는구나
바짝 풀벌레 소리 가깝다

그림자가 순간 사라져버리듯

적도에 근접한다는 것이 이런 것일까
모든 것들이 참 빠르게 지나간다
구름도 나비도 새들도,
나뭇잎 떨어지는 속도마저 사뭇 다르다

여기선 지구가 빨리 도는가 보다
아침마다 태양빛이 드는 자리가 바뀐다, 아주 조금씩

사람만 느리다
버스가 정류장에 서야
그제서야 자리에서 일어서고
문이 열려 있어도 절대 급히 나가지 않는다

오후가 지나 저녁에 가까운 공사 현장
두 사람의 일꾼이 일거리들을 내린다
온다는 소식에 아침부터 종일 기다렸는데
오늘은 현장에서 그냥 잠을 청한 후
내일부터 일을 하겠단다, 느긋하다

하나님의 때도 이리 더디 오는 걸까
광야에서의 기다림처럼
문득 그림자의 삶을 묵상해본다
그가 존재할 때만 살아나는,

집으로 돌아가는 길은 이미 어둠이다
그림자가 순간 사라져버리듯
두 사람의 수화가 어둠 속에 묻힌다

당신이 나를 사랑한다는 걸

당신이 나를 사랑한다는 걸
가슴 미어지던 날들엔 몰랐습니다

얇아져 가는 하늘 울타리
나뭇잎 속살거리고
키 작은 꽃들 사이로 사분사분
시린 시어가 나풀대는데
햇살 따사로운
사랑의 시선
소소한 바람 나를 감싸 붙드는,
이 모든 것들
당신이 내게 보낸 선물임을
조용한 몸짓 후에야 알았습니다

당신이 나를 사랑한다는 걸
한참 나이 들어서야 알게 된
나는 참 바보입니다

마음은

잎만 무성한 소통
바람 소리 소란하다
껑충 사탕수수 사이에 서 보니
하늘이 가려지는 작아진 키

발갛게 놀이 선 하늘
그 위를 날고 있는 바이올린
아이를 따라 동녘으로 가자꾸나

굳이 이름을 몰라도 되는 꽃이며 풀
해가 바뀌어도 여전한 초록

변하는 것이 참 힘들게도 느리다

소소한 풀꽃
손해 볼 줄 알라고
같은 자리에서 고개 내밀고 있다

쑥떡

아침부터 뜨신 바람이 달겨든다
냉동실에서 꽁꽁 언 떡을 꺼냈다
아껴두었던 조그마한 초록 한 덩이
잠시 후 어슷 썰어 코에 갖다 대 본다
콧속으로 밀려오는 풀밭 물결
고국의 그리움이 쏟아져 들어온다 봄날 그 향기

딸이 첫애를 유산하던 날
보이던 심장 박동이 느껴지지 않았다며
눈물 글썽이며 주 뜻을 알고자 하던
그날 나는 푸른 풀밭을 꿈꾸었다

그리곤 산길에서 쑥을 캤다
몸을 따뜻이 해야 한다는구나
그러기엔 쑥이 제격이지
딸을 생각하며 쑥을 캐 봉지에 담았다
봄 산 파르라니 새소리까지 담긴
쑥떡은 애미의 사랑이다
생명을 살리는 온 산 푸른 숨결

갑자기 왜 이 생각이 났을까
여긴 일 년 내내 초록이다
여름에서 멎어버린 세상
테두리 안에 갇힌 시간
흘러가는 한국의 봄을 느낄 수는 없다

아린 마음으로 쑥떡을 맛본다
알싸한 내음이
고국의 봄 길을 튼다
인고를 견딘 푸른 고향의 맛이라니

꽃, 그리고 선물

우리 집
꽃은
우리 아가

방실방실
아가는
웃음이어라

소록소록
아가는
내 꿈이어라

재롱재롱
아가는
기쁨이어라

어엄마 가슴에
아가는
그득
꽃이어라

－1987년 제9회 안양여성백일장 입상작 「꽃」 전문

'꽃'이란 제목의 시로 네가 태어나던 날
엄마는 갓 서른을 넘기고 있었지
그저 한기 가득했던 우리 집
너는 엄마의 빈 가슴 속 깊이 채우고
고운 봄 충만하게 부어

작지만 어여삐 안겨 온 너의 향기
나중에서야 알게 되었단다
너는 그분이 내게 보내주신 선물이라는 것

이젠 네가 네 아이를 안고
엄마의 엄마를 알려주고 이름 불러주는구나
내가 할머니에게 선물이었듯 너도 내게 그랬어…라며
꽃씨와 열매를 잇는 자리매김은
먼 훗날 멋진 정원의 전설을 만들어 놓을 테지

새 생명은 선물이다
선물은 사랑이다
그래서 너는 사랑이란다
불혹의 내 아가야

사월 필리핀에서는

필리핀해가 수백 개의 더운 섬들을 품고
열대성 씨앗을 키우듯 저기압을 다독이는 해양
언제라도 뭔가 일으킬 기세다
중부 비사야 지역

낮은 구름이 빠르게 퍼지는 날은
금세 올 것이 오고야 만다
지나가는 소나기이든 국지성 폭우든
필리피노들에겐 지금이 중요하다 하늘이 내려준
다디단 안식의 시간 때로는 짧아 아쉽기도 해
모두가 잠든 시간을 틈타
축복처럼 잠시 쏟아붓는 비

그 시간에 깨어 있는 영혼은 고달프다
소금기 잔뜩 머금고
검게 쪼그라든 육신 덩어리
따스한 햇살이란 수식어는
이미 잊은 지 오래다

몇 개 강을 거슬러 왔을까
그를 거스르던 인습의 틀을 벗어던진
자유 같은 날들이 눈을 비비는데

해수면을 빨아들이는 구름
바다에 거꾸로 자라는 나무 그림자
다스려지지 않아 소름 돋던 푸른 바람

어느 섬에서의 사월
엘리엇의 잔인한 달은
어디에서도 찾을 수 없었다

겹씨 하나

어느 날 딸의 정원에
사뿐 날아온 겹씨 하나
진토에 자리 잡아 뿌리 잘 내렸나

벅차게도 실한 모습
바람이 사방으로 심란해도 꼿꼿해
넘어지는가 싶더니 다시 일어나
그렇게 단단해지고 굵어져 간다
매일 정원이 꽉 차오른다
눈부시게 번져나갈 사랑 쪽빛

초가을 동네 놀이터
두 돌잡이 아가들 어화
아직 말은 못 하는 둥둥 내 친구
그래도 서로 주고받는 눈빛
부챗살처럼 퍼진다

놀이터 두 아가들
어린 우정 방울방울 여물어간다
내 것 먼저 네게 주고
나중에 받는 어여쁜 사랑

이웃 사랑도 나라 사랑도
요렇게 이쁘면 좋겠다
한 번도 잡아주지 못했던 손
내 손 먼저 내밀면 좋겠다
겹씨 하나
풀빛 물빛 엮으며 자라간다
이 시대 소망으로

귀가

가까운 구름이 가라앉기 시작한다
오늘 밤에도 비가 한 차례가 다녀갈 모양
외로움처럼 잿빛 더욱 짙어지고
사람들 발걸음 분주해진다
서에서 동으로 부는 바람
비비비 나뭇가지 흔든다

날것들 향방 없이 오가다
유리창에 비친 불빛 찾아 입질해
모두들 짐을 싸서 세월을 건너는데
나도 집으로 돌아가야지

오래 서성였던 나무 이제는
반짝이는 시간에 기대어
잠이 필요한 시간
버틴다는 것이 얼마나 힘에 겨운지
그걸 아는 듯 저녁이 오고
돌아오는 것들을 기다리시는
내 아버지 집 창가에는
온종일 불이 켜져 있다
자욱한 올리브 향기

컨테이너 식탁

오늘도 철사우나 안에서 생명찌개를 끓였다
가지 오크라 호박 배추 양파 깡콩
여기서도 시장에 가면 색색의 먹거리를 만날 수 있어
앞이 캄캄해도 탄복할 일 많아
감사 한 줌까지 집어넣어 채소 모듬을 끓이면
별다른 나물 반찬이 필요 없어
된장 한 숟갈 고춧가루 조금이면 족하다
반짝이는 비지땀 온몸을 적셔놓아도
살아있고 또 살아가야 하는 이유
먼 이곳까지 보내신 그분 계심이다
여기에 라면 반 개
썬 파 계란까지 얹으면
찌개 맛 황실의 어떤 수라 부럽지 않아
고온의 세포들이 아우성치며 살아있는 듯한데
얼려온 밥을 국물에 말아 먹는
황홀한 시간, 필리핀에 와 경험하는
생명의 식탁

Spring in Hometown: A Story

Spring swelling with dreams
simmering in light yellow sunlight
outside the window
bearing clusters of cornelian cherries
coming to me, glittering like scales of beautiful fish
chattering all over the places

So does spring come
communicating with eyes
tickling fine soft hairs in the breeze
reminding me of my hometown with a innocent
smile

With the sounds of cracking shells reviving
everything back
where does this powerful energy come from?

Trans. Kim In-young

이제 황혼이다

세월이 갈수록 버려야 하는 것 배우라고
내게 몸으로 가르치시는 나이

더 아름다운 건 속 깊이 자리해 보이지 않아
내 안의 상처들 서럽게 여물고

누가 그렇게 앓을 때 아름답다 했는가
젖은 숲의 향기 흐르는 샛강

이제 황혼이다, 고향 돌아갈 날 멀지 않은

그래도 아직 아픈 건 더 내려놓지 못함이다

저녁기도 피어오르는 하늘가
눈물꽃 자욱히 맺힌다

붉은 눈물 한 방울

순하디순한 마음으로
산길을 걸으니
마음이 숲처럼 넓어진다

하늘 향한 나무들 곁을 지나가며 맑아지는 나의 영
깊어지는 계절에 마음마저 내려앉아
이제야 전해져오는 바람의 말에
너의 아픔 맵싸하게 나를 감싸온다

그 말을 왜 일찍 듣지 못했을까
가을과 여름의 거리가 좁혀지던 날
바위틈새 흐르는 물처럼 솟아나던

너무나 힘이 들었어
살아온 날들이 기적이었어

숨 막혔던 순간들
한숨의 시간들 되뇌어 보니
그것들 영롱한 보석이로구나

삶을 사랑해야겠지
이젠 용서해야겠지
아니, 용서를
빌어야겠지

오늘을 살아내기 위하여
아득한 마음 열어
너와의 입장을 바꾸어 둔다

산등성에 오르니
단풍나무 한 그루
세월을 건너 불타고 있던 걸

바람이 전해오는 말
온 산을 물들이고
내 사랑도 물이 들어
어느새 내 곁에
붉은 눈물 한 방울
뚝 떨어뜨려 놓았구나

비

깊은 밤
눈뜬 감성
똑똑 두드리는 이
누구인가

잠들지 못해 나가보는 문밖
굵은 빗방울이 뚜두둑
처마를 쳐대기 시작하고
아무렇지 않게 발등에 떨어지는데

순간 막힌 것들 흘려보내자,
답답한 가슴 틔우자며
푸른 바람이 와와 달려들어
등 두들겨주는 밤

어느 해 십일월의 밤 깊다

하얀 낮달이 흐르고
갈색 바람이 불고
하늘 속으로
가을이 떠나고 있던 길 위에
나는 나목처럼 홀로 서

가장 소중했던 것들로부터
헤어져야 할 시간, 그걸 터득하기까지
연습이 없는 삶은
생각보다 냉혹하더라도
그런 현실을 결코 힘들어하지 말자

오늘 무슨 일이 있었든
꿈속에서조차 눈물 보이지 않기를
조용히 기도하는 깨달음의 밤
깊다

외로움

산동네가 섣달 그믐밤처럼 조용하다
먼지 쌓인 농가에 바람만 드나들고

주인 잃은 구들장
해거름에 더욱 검어져

미래를 위한 약속은 존재하지 않았다

반백 년을 함께 숨 쉰 날들
기억해내기도 벅찬 느릅나무

일찍이 자식들 떠난 자리
메아리처럼 남아

산국
돌이끼
비파나무

툭 투둑 한 장씩
쌓이는 외로움

황량이 떨구는 산나무 잎새
산동네를 울린다

무 궁 화 꽃 이 피 었 습 니 다

어린 시절 자식들
아무리 찾아도 보이지 않고
아무리 기다려도 오지 않는

필리핀 시골집
사진 : Caleb Lee

3부

삶은 두 방향 길

꽃잎 지는 소리
틈새마다 낙엽 떨어져 쌓이고
쉬어야 하는 시간
누워야 할 자리를 잘 아는
겨울나무
저녁을 마중 나가는 길
반짝이는 겸손
그 길은 아래로 자란다

진갑의 샐비어 가을

내 어릴 적 어머니는 여장부셨다
맨손으로 쓱쓱 시멘트를 이겨 바르시던
그 앞에선 배짱부리던 인부들도
말없이 말을 들었다

헌 집 사 고쳐 새로 만든 집 파시던 어머니
어디에고 내 발자국 하나 제대로 찍지 못한 채
수도 없이 이사를 다녀야 했다
친구를 사귈 겨를도 없어
지겹도록 그래야만 하는 어머니를
어린 막내는 이해를 못 했다
아득히 그리움마저 숨이 멎도록
세상에 남겨진 다섯 핏줄들 생사를
홀로 감당하셔야만 했던

병상에 누워 계시기만 하던 아버지
왜 그러셔야만 했는지도 모르고
방 앞을 철없이 스쳐 지날 때
풍기던 냄새가 싫기만 했다
기억의 저편 한 조각
애써 외면하려 한 나는

외로움이 무엇인지도 모른 채
비 오는 날 처마 끝에
저 혼자 매달린 빗방울처럼 자랐다

한 남자를 만나고 예수님을 알았다
시작이자 완성이신 그분 말씀 안에서
가신 어머니를 눈물로 뵈었고
아버지께 용서도 구했다
구슬펐던 마른 나뭇가지의 서러움

어린 날 그리도 싫던 이사
그런 내게
영원한 친구 한 분이 찾아오신 후
그분 곁으로 아주 이사할 날 멀지 않은데

배 아파 낳은 딸들의 자식들까지
주님 품에 함께 안겨 있음이,
이 바로 행복이란 것일 테지
봄 동산 숲 이야기 피어나는 듯

야자수 우림을 찾아 떠나는 삶
지구 끝 어디를 가든 천국처럼 지낼 우리네
머지않아 떠나갈 나의 고국 살가워
내 사랑하는 이웃들과 담소하고 싶어지는
진갑의 샐비어 가을

RETURN
−코로나19 팬데믹

어디서부터 시작해야 하는 걸까

미안하다는 말로만 덮을 수는 없어
너와 나,
지금 우리 서 있는 여기에서부터 자연,
그를 묵상할 일이다

몇 소절 고통의 적막 같은
처절한 밤들을
얼마나 더 지탱해야 하나

한없이 낮추는 겸손이어야 해
아예 멍에를 메고 엎드려
먼저 죽어야 산다는 진리
그건 살기 위해서라기보다
자연적 의무를 위함이야
가장 큰 가치 생명의

그동안 너무 소유했던 너비
더 많이 가지려던 무게를
비워,
버릴 것이 없을 정도로

그렇게 왜소해진 나를
시편에 적용하면
말씀 따라 채워지는 눈물의 유리병

긴 밤 지나고
다시 숨 가쁜 아침이 돌아오는
새소리 강물로 울고
왜가리, 물새, 홍학 떼의 샛강
강 따라 먼 숲길
나란히 소통하는 날이 오면

같이 발 담그자며 손짓하는
건강한 공기 순환하고
소나무는 바다를 향하는

물길 따라 선연히 살아나는 것들
다시 벌레 울음소리
어쩌면 온통 초록 기둥들
하늘에 드높이 세워질 거야

축복이란

너의 반짝임은 대중 속에 있을 때
더 빛을 발해
밤하늘이 어두울수록 작은 초록불 더욱 빛나고
하나들이 모여 이루어지는 여럿의 밤하늘 숲

결코 혼자라고 생각하지는 마
혼자는 혼자가 아닌 걸
오솔길 걷다 보면 바람
네 곁에 늘 함께하는 이 계심을 느껴봐
보이지 않는 것을 볼 수 있음이
축복임을

사랑

짙어지는 그리움을 애써 잠재운다
보이지 않아도 볼 수 있다는 것,
활자 속에서 바람 소리 들리고
말씀 따라가면 숲속 강물 흘러
그 강물의 마음에 창문을 낸다는 것,
이것들 무슨 의미일까

뜬눈 무심히 울리는 자명종 소리
내게 다가온 새날이
먼저 건네는 햇살의 호흡
내 영혼 기지개 켜게 해
결국 당신의 마음을 읽는 일
우선순위에 두고자

가슴을 열고
건반 위에 음표들을 나열하면
나지막한 목소리로 새벽 낙엽이 뒹굴고

이 가을도
어쩔 수 없이 당신은
내게 쪽빛 하늘로 찾아와
맨드라미 낮을 열어두고
다시 푸른 밤 존재케 한다
하루를 또 하루를
두 발 담가주는 물이 된다

마지막 잎새의 편지

몇 번째의 겨울일까
그대 떠난 자리로
야윈 달 무수히 떴다간 졌다
오늘따라 나는 창가에 바짝 다가앉는다

바람이 말갛게 보일 때까지
나는 미동할 줄을 모른다

세상의 모든 귀들이
잦아드는 숨소리 듣고 있다
그대도 들리는가
마지막 매달린 저 이파리
서걱거리며 쓰는 편지

보고 싶다는 말
돌아오라는 매일의 기도

첫눈 쌓인 안마당을
그대 발자국 찍으며 들어서는 날
기적 같은 새벽 준비해두고
밤새 서 계시던 주님
맨발로 뛰쳐나오실 텐데

창밖에 나무 한 그루
자꾸만 목이 길어진다

내 인생에 11월이 오기 전에

신음조차 쓸쓸하던 때 다가와 손 잡아주신 분
내 울음의 무게만 볼 줄 알았던 그때
그분은 다른 사람의 웅크린 아픔을 보여주셨지
구불구불한 길 끝에서 환해지던 고통

한 줄기 눈빛에도 문득 행복해지던 순간
있는 그대로의 모습이 은혜이듯
살얼음 얼게 하던 시린 마음 버리고
깨달음 같은 가을산의 맑은 계곡 물소리
끌어와 시를 쓰는 계절

태어나 철들고 아직도 배우는 인생길
남김없이 드릴 수 있는 마음의 부유함, 그 사랑
사랑은 어차피 아름다운 허비이다
아직 드릴 날들 있음이 감사이다

내 인생에 11월이 오기 전에
주위를 따뜻이 데워 놓아야지

삶은 두 방향 길

뿌리를 깨우는 시간
북반구의 봄
로템나무 터전들이 자란다
위로 위로 향하는 길
기도마저 왕성한 아열대 식물 같은
빛나는 길

꽃잎 지는 소리
틈새마다 낙엽 떨어져 쌓이고
쉬어야 하는 시간
누워야 할 자리를 잘 아는
겨울나무
저녁을 마중 나가는 길
반짝이는 겸손
그 길은 아래로 자란다

몸에게서 배운다

언제부터인지 조금씩
작은 소리가 들리지 않는다
그럴 때면 가까이 귀를 갖다 대거나
조금 크게 얘기해달라고 부탁한다

오늘도 잠자리에서 깨어나면서부터
들려오는 자연의 소리들
뚜꾸뚜꾸 도마뱀 울고,
초르초르릉 새,
개가 짖거나 닭이 우는
원근을 밝히는 환함

그런가 하면
인간이 만든 숱한 소리들
원치 않아도 듣게 되는
중얼거림, 혼잣말,
나를 향한 듯한 말말
그것들 거의 들리지 않을 때
나는 무릎지혜를 구한다
마음 내키지 않아

무시하고 싶어
결국

감사로 하루를 시작하는 아침
들리지 않을 땐 듣지 않으면 된다
굳이 알려고 하지 않아도 될 일
세상엔 참 많아

몸에게서 배운다
이제는 좀 덜 듣고 덜 신경 쓰라고
약해지는 것에 순응하라 하신다

행복이란
들리지 않는 소리를
들으려 애쓰지 않음이라

때로는 야생화처럼 살 일이다

때로는
야생화처럼 살 일이다

살아오며 자욱이 소유했던 것들
낙엽 쓸리듯 애오라지 욕심을 비워,
빈 마음 다독여주는 손길처럼
행간마다 목마름 말갛게 씻어

소용돌이치듯 자기를 주장할 일 아니다
몸 굽혀 말 많음을 경계해야 할 일

골진 마음 열어두되
상대에게 다 보이지 말기를,
적당히 거리를 두는 것이
차마 최소한의 예절

말없이 천 마디 말을 하는
박노수의 쪽빛 산처럼
한시도 죽지 않고 살아 움직여
왔다가는 반복해 떠나가는
바닷물 같은 산

그렇게 부끄러운 상처 덜 받고 살아가는 지혜를
때론 야생화한테 배울 일이다

하루

밤이 또 한 자락 펼쳐지고

잠은 오지 않는다

오늘 하루도 안녕히

내 사랑하는 이들로부터

매일 조금씩 떠난다

낙엽 무덤 사이 피어난 늦은 소국

오늘따라 그림자가 더 늙어 보인다

소망

되도록 많이
바람이 불 때마다 떨어뜨리는 계절
그래서 가닥가닥
가지들만 남기는

색조의 터치들은 지운다
아주 말끔히

십일월,
숱한 가지들
소망의 끝자락 안간힘

씨앗,
보이는 겨울
보이지 않는 봄

그렇게 눈 뜬 바람이 되고
숨 쉬는 하늘이 되고픈

침묵

그를 만나는 시간
활자 속에서 살아나는 길이신 예수
묻고 답하고
답하고 묻던 마음눈
얼마 동안 주고받았는지 모른다

짙은 먹구름
바람 언덕
나뒹구는 돌멩이들
가시엉겅퀴
그리고
정적을 깨는
기도의 마지막 핏방울

끝까지 읽을 수 없어
시선 가득 흐려지는 윤곽, 한순간
타인을 위해 자신을 버리신 큰 사랑
울컥 심장을 붙들고
그 버리신 고통의 깊이만큼
나를 살려내던 긴 침묵

흙으로 돌아갈지니
누구도 더는
아무 말 할 수 없음의 침잠 더 깊어지고
열리는 환한 길
사랑의 깊은 강

속 깊은 울음

빈 가지에 바람 소리 차다
먼 길 돌아 나온 겨울 강

스스로 어두워져
제 슬픔을 지우는 강물

그믐밤 미루나무 숲에 서면

　　속
　　　깊은
　　　　울음

소리 들린다

별꽃

아스팔트를 뚫고 핀
새하얀 들꽃의 여름이
기억 속에
잔잔히 박힌다

사랑하시는 이의 삭힌 눈물이
초저녁별로 뜨는 나사렛

지난한 날들의 외로움을
가난한 마음
꽃씨 뿌리고 있는지
아득하다

환희

어젯밤 잎사귀 하나의 흔들림에
골짝 깊은 숲이 함께 흔들리더니
초록비 후두둑 지나간 발자국 선명해

이른 새벽 풀밭을 걷자니
젖은 풀잎 고인 물방울에
세상의 아침이 벌써 열려 있었네

4부

홀로 떠난 여행

속 깊은 삶이란 어차피
홀로 떠나는 여행이다
어머니 가슴에 싸리꽃 무더기
가득 안고 떠나가시던 날
그 누구도 그 한순간
별을 품을 수 없어
가을처럼 보내드리던 마음 물소리

나의 투박한 삶도

자갈밭에 한쪽으로 길이 나 있다
누가 시작한 길이었을까
이미 난 길에 내 발자국을 보태
더 견고한 길이 된다면

매일 풀밭을 걷다가도
같이 뒤를 따라가다 보니
얼마 후 가느다란 선이 보이고
밟았던 발자국들 모여 모여
어느새 길을 만든다

기댈 수 없던 땅도 계속 걸으니
길이 되고 삶이 된다
나의 투박한 삶도 누군가에게
한 줄기 함께 걸어가 줄
길이 될 수 있을까

사랑일 게다

손가락 하나가 아파보니 알겠다
아픈 손가락 토닥토닥
산 깊은 향기로 감싸주고
보듬어주는 쉼의 시간,
그 익숙지 못함을 견디어주는
나머지 넷의 서투름
그것이 사랑일 게다

황무지 같은 세상이지만
육신을 향해 헤프게 화낼 일 아니다
목백일홍 긴 날의 아픔마냥
제 살이 벗겨져도
주변을 밝히는 거다, 오래

누군가에겐 잎만 무성하다며
조롱받는 삶일지라도
그 무성한 잎들 모여 모여
여름날 이방인의 푸른 그늘 되어주는 것
그런 민트향 열매도 있다는 걸 인정하는

그게 사랑인 거다

행복

마음을 표현한다는 것이 먹먹한
겨울나무처럼 힘들었던 때가 있었지
어딘가 한구석이 비어 섭섭하고 서운할 때
어떻게 해야 하는지 무엇에 마음 붉혔는지
나이 들면서 하나씩 터득하게 되던 것

일상의 소소한 나눔들이 때론
부담을 줄 수 있다는 것도 이내 알게 되었지
그래도 늘 타인의 입장에서 배려하던 너
예수님이라면 어떻게 하셨을까
밤보다 깊은 어둠 사이로 다가오던
나뭇잎 반짝임처럼
따스한 경험의 교감들이
훈장처럼 쌓여가는 세월
나보다 살아온 날들이 적은 너에게서 배운다

마음을 비우자
공백이 메꿔지더구나
괴로움이 내게 있을 땐 그래도 내가 행복한 거겠지
네가 괴로운 건 나를 슬프게 할 테니까

너와 연결되어 있다는 것이
더없는 평안함을 주던 날들

이제 말할 수 있을 것 같아
행복이란
나를 스스로 용납하고
새소리 물소리 세상을 다루며
함께 보듬고
곱게 물들어가는 것이라고

함께 부를 노래

얼마 만에 만나보는 그대입니까
숨죽여 사람들이 손을 놓자
살아나는 생명체 입자들

적도, 남반구, 우주 공간
가장자리까지 조용히
있는 그대로를 돌아보아요

떨어진 어느 운석 밑에서
새 삶을 꿈꾸는 호흡
그대와 우리가 손잡고
다시 세상 밖으로 나와
함께 부를 노래

이제는 그대 그립다
말만 하지 않음은
존재만으로 다시 더 사랑해야 할
그대가 아니겠는지요

말하기 전에 먼저
우리의 몸을 내어주어
경청해야 할 그대
푸릇푸릇한 자연,
그대 숨소리

시월에

뜰 앞엔 지는 꽃 몇몇 무덤덤해
여름날 숨 몰아쉬던 풀들 까칠해지고
맑아진 바람 거르는 빛살 망

길들은 쓸쓸해지기 시작하고
못내 스러지는 하루를 매달아 둘 양
마음 붉히며 설레는 가로등

아이 하나 뭐가 좋은지
와 와, 내지르는 소리에
단풍잎 스륵 떨어져 내리고
우주가 덩달아 돌아가는

늦가을, 그 사이
아이야, 넌 무얼 잡으려는 거니
날이 참 빠르게 지나는 시간

선선해진 바람
갈잎을 구멍 내고 드나드는데

네가 없는 시월이
이렇게 가는구나

나는 벌써 멀리 와 있다

저녁 바다, 아침 바다

서해 갯벌에 빠졌던 태양
웅크렸던 발을 털며
앞만 보고 나아가는데
몇 개 섬들을 다시 넘어가
결코 돌아설 줄 모르는 걸음
어느 밤하늘에 고단한 몸을 쉬어가려는지

바라만 보면 안타까운 마음
나뭇잎 속 타들듯 파도 부서지듯
한숨처럼 내뱉는 거품
바다는 내일을 기약하며
길을 닫는다
눈 감으면 보일 듯 어디선가
어두움 속 새소리 환한데

아직 이른 새벽
길게 드러누운 폐선을 가로질러
푸르게 비상하는 날새
흔들리는 물결
낯선 바람이 몰아가는 하늘가

그렇게 하늘길이 있듯
바다에도 길이 흐른다

고향 1

기세 등등 비를 몰아 왔던 여름 얼만큼 지나
마당 한편 바람의 손짓에
뽀송한 구월 얼굴 내민다

볕 좋은 날 맴을 돌던 돌양지꽃 가물가물
보고픈 사랑 한 평 땅에 묻고
서둘러 돌아섰던 얼굴

친구야, 변함없이 가을도 곧 익겠지
회화나무 잎새 마지막 지는 날이면
문득 고향이 그리워진다며 눈물 섞던 그녀
풀벌레 울음 더욱 짙어지고

고향 2

무엇일까
이 땅에서 잘 사는 인생이란,
우물쭈물하다가 내 이렇게 될 줄 알았다
구십오 세의 버나드 쇼는
묘비명에 무얼 남기고 싶던 걸까
잘 죽는 것이 잘 사는 것

죽음이란
먼저 떠나는 자가 남은 자에게 보여주는
아름다운 뒤태
모두가 오래 기억하고픈 삶

남아있는 날수를 헤아리며
지혜를 구한다
고향길
종일 햇빛 데리고 놀아줄
한 사람 옛 친구가 되어주는 일
이내 그리움은
나무 아래 그늘 드리우듯 하고

설움이 나를 울릴 때

이 땅에 우린 무엇을 세우려
동트는 새벽부터 집을 나서는지

풀밭에 구덩이를 파 철 심지를 박고
시멘트 이겨 부어 만든 기둥들
잿빛 하늘을 받치고 있다

파낸 흙 속엔 마구 버려진
병 캔 플라스틱 비닐 쓰레기들
바랜 양심은 땅속에서도 썩지 못한 채
그걸 바라보는 내 마음만 썩어드는데

그래도 레미콘을 대신해 시멘트 통이 오가는
검은 땀의 천사들 한 줄 선 모습 미소짓게 해

그렇게 컨테이너 안에서 저들 바라보며
막힌 바람 불더위와 싸우다 보면
어느새 집을 나선 지 열두 시간이 훌쩍 지나간다

아, 오늘도 해결 못 한 게 벌써 몇 달째인지
종일 참았던 배가 아파오기 시작한다

기다리는 버스는 올 기미가 없고
날개미 모기들만 나를 반기는 해거름
어느새 물린 자국 벌겋게 부어오르는데
긁어대는 것까지 참아야 하는 내 속을
저기 망고나무는 아는지 모르는지

한참을 서서 기다리는 길가
페디캅만 매연을 뿜고 지나간다

버스에서 내려 급히 볼일을 보고 오는데
나를 보자 손을 들어 반기는 얼굴
우베호떡을 샀으니 뜨뜻할 때 먹어보라며
빙긋이 웃는 그를 보고 울컥
차오르는 설움
가슴을 치고 미어지는데

센터가 지어지는 속도보다 더 빠르게
흰 수염 주름살이 늘어만 가는 그

자연 온수

땡볕에서 냄비를 닦는다
태양에 드러난 수도관을 타고
체온보다 뜨거운 물이
쫄쫄 훌쩍인다
그나마 그나마다,
공사장에 물이 들어온다는 거
연둣빛 이파리의 희망수

햇볕에 잘 데워진 온수처럼
내 차가운 살갗도 앞다투어
거무스레 잘도 익어간다

꽃잎으로 피어나거라

나무의 어깨로 다가가 침묵을 깨워

다소곳 겨울나무 이야기 듣고 싶은

아아, 꽃이 되고픈
눈,

봄은 저만치

홀로 떠난 여행 1

피붙이들 모처럼 두고 떠나와
삶의 행간마다 쉼표 찍어 놓고
익숙지 않은 혼자만의 여행길
티를 내고 있어 책이나 읽던 중
간밤에 잠을 못 잔 탓인지
책 속의 활자들도
좀처럼 활보하지 않는 오후

창밖 새 한 마리
공중을 화판 삼아
이저리 빠르게 선을 이으며
그려대는 몬드리안
선을 따라 면을 만들고
그 면마다 반짝이는 잎새들

문득, 책을 놓고 떠올린 생각
지금 어디쯤 와 있는 거지?
그간 나의 나무는 어떤 선과 면이 되었는지
스스로에게 지난 인생을 묻고
남은 생의 답을 찾아보는 시간

홀로 떠나는 여행길이
외롭지 않은 이유는
별빛 총총 지금 살아 있고
또 살아갈 것이기 때문

홀로 떠난 여행 2

잠 속의 시간을 얼마나 걸었을까
그 끝이 어디일지 몰라 헤매다
알람 소리보다 먼저 깨어
커튼을 젖혀 보니 비가 오고 있다
내 고국 땅은 팍팍한 가뭄이라는데
이 빗줄기 그대로 내려가고픈
마음 가득 미안함에 더는 잠 못 드는
새벽 가문비나무

홀로 떠난 여행 3

시간을 기다린다
집에 간다는 것이 의무처럼 여겨질 때
그걸 감사로 생각하자
내 사랑하는 자식들 온통
아픔과 사랑 덩어리 보물들 있고
까칠하고 부족한 사람, 평생
사랑해주느라 고통스러웠던 가족
그 울타리 있음이 은혜라

그림자가 길어지고
난쟁이 꽃 이파리가 키를 늘려
마음속 음표들
길을 내며 숲으로 간다
내 영원 집을 향한다

어디서든 마지막 떠나갈 시간은
이내 찾아올 것이다

홀로 떠난 여행 4

속 깊은 삶이란 어차피
홀로 떠나는 여행이다
어머니 가슴에 싸리꽃 무더기
가득 안고 떠나가시던 날
그 누구도 그 한순간
별을 품을 수 없이
가을처럼 보내드리던 마음 물소리

동그라미 속에 우주를 그려 넣고
사부자기 웃는 아이처럼
우린 어차피 혼자가 아니다
아이는 그걸 알고 있던 걸까

발자국마다 향기로운 길을 만들다가
왔던 길 투명이 되돌아갈 우리들
생명을 새파랗게 창조하시는 그분
바다에 자작나무숲 길 내듯 동행하며
따뜻이 돌보시는 인생길

삶이란 하늘의 노을을 이고
활주로에 안착하는 구름
마음과 마음이 마주친다

에필로그

에필로그Epilogue

세상에 쉬운 것이란 없다. 아기가 고고성을 울리며 태어날 때부터 한 인간의 고통은 숨쉬기로부터 시작이 된다고볼 수 있다. 다만 부모가 함께함으로써 시간이 흐르며 그고통이 약화되고 긍정의 결과 사랑의 결정체로 승화되는삶이 있을 뿐이다.

시집 제목을 '홀로 떠난 여행'으로 잡게 된 것에 대해 혹자는 의아하게 여길 수도 있겠으나, 육십 중반까지 살아보니 인생은 어차피 홀로 세상에 왔다가 이런저런 연이끝나게 되면 다시 혼자 본향으로 돌아가는 여행이라는 사실을 재확인하게 된다. 그 긴 인생의 여정에 숱한 만남과희로애락이 있을 수 있다. 누구를 만나든 상대에게 상처를 덜 주고 자신도 상처를 덜 받고 살아가는 것이 삶의 지혜가 아닐까 생각해본다. 영원을 존재케 하는 순간의 연속성에 대한 삶의 길을 성경 말씀에서 한 가닥씩 찾아 걷는 것이 지혜의 근본임은 두말할 나위 없다.

어쩌면 우린 모두 아직도 어린아이와 같은 마음으로 살기를 원할 수도 있다. 그만큼 연약하기 때문이다. 강해 보여도 결코 강하지 못한 것은 받은 상처를 드러내는 것을 수치스럽게 생각하기 때문이다. 그러나 부끄러움을 당당히 부끄럽다 말하며 좀 더 솔직해질 필요가 있다고 생각한다. 어쩌겠는가? 우린 창조주 앞에 피조물인 것을, 살아가면서 더욱 그걸 느낀다.

12년 만에 두 번째 내놓는 시집은 오래전에 대학 공부를 하면서 꿈꾸었던 형식을 담고자 하였으나 제대로 살리지는 못했다. 그동안 빛이 많이 바래었다. 이제 다시 시작이니 그 또한 감사다. 남편에게 좋은 사진 작품들이 많은데 시집에 제대로 활용하지는 못했다. 앞으로 어떤 모습으로든 요긴하게 사용될 날 있기를 기대한다.

필리핀과 관련된 시를 일부 담았다. 더 많은 시로써 그들의 순수성을 드러내고 싶다. 여러 부류의 삶과 자연을 소재로 인간의 더 크고 심오한 것들을 캐내는 작업에 깊이를 더하며….

2021년도에 한국예술인복지재단에서 창작지원금 수혜자로 선정이 되었다. 좋은 나라에서 지원금까지 받아 이 시집을 내놓게 되니 거듭 감사한 일이다.

효록 이희복 Hannah

홀로 떠난 여행

이희복 지음

발 행 처 · 도서출판 청어
발 행 인 · 이영철
영   업 · 이동호
홍   보 · 천성래
기   획 · 남기환
편   집 · 방세화
디 자 인 · 이수빈 | 김영은
제작이사 · 공병한
인   쇄 · 두리터

등   록 · 1999년 5월 3일
(제321-3210000251001999000063호)

1판 1쇄 발행 · 2022년 10월 10일

주소 · 서울특별시 서초구 남부순환로 364길 8-15 동일빌딩 2층
대표전화 · 02-586-0477
팩시밀리 · 0303-0942-0478

홈페이지 · www.chungeobook.com
E-mail · ppi20@hanmail.net
ISBN · 979-11-6855-071-1(03810)

이 시집은 2021년도 한국예술인복지재단으로부터 창작지원금을 받아 출간되었습니다.